마중 나가는 여자

김경희 시집

시음사
시사랑 음악사랑

아름다운
입술을
갖고 싶으면
친절한
말을 하라

시인의 말

살아가는 날이
아쉽게도
꽃길로만 거닐 수 없다는 것을

시월에
따뜻한 시詩를 만나러
길을 나선다

직접 쓴 캘리와
삽화도 함께 덧붙였다

시인 김경희

목차

QR 코드 스마트폰으로 QR 코드를 스캔하면 시낭송을 감상할 수 있습니다.

제목 : 8월 잎새
시낭송 : 박영애

제목 : 사람은 다 외롭다
시낭송 : 김락호

목차

목차

목차

8월 잎새

올 들어 분갈이를 했지만
긴장의 끈은 놓을 수가 없다

그달에는 무엇을 이뤘는지
자신에게 되묻기도 하지만
부재라는 빈 공간이
합당한 이유였나 되짚어본다

달력을 넘길 때마다
특별한 날이 기다리고 있을지
기대라도 할라치면
여름날 이름으로
파란만장했던 날들 꾸역꾸역
가슴에다 묻고
꺼내 보기만 하면 되는 거였다

도시에다 내뱉는 풀벌레
갈 길이 멀고
한 계절이 길손처럼
머물다 갈 거면
아쉬운 단면에 손끝이 저리다.

제목 : 8월 잎새
시낭송 : 박영애
스마트폰으로 QR 코드를 스캔하면
시낭송을 감상할 수 있습니다.

밤

산장으로 늘어진 그림자
길 뚫고 나간다

추상적인 나무들 깊은 산
풀 내음 진동하며
혹사를 하는 밤

낯선 곳에 있는 시간
왠지 낯설지가 않다

집에서 떡 하는 날에는

백색 가루 점성은
탄력 있게 익숙해졌다

시루에는
덕지덕지 꾹 꾸욱
엄지손가락 눌려 붙여댔다

무명천 덧댄 그루터기 뚜껑에는
김이 나서 모락모락 하얗다

길 건너 방앗간인데
부스럭부스럭 눈을 떼지 못한다

홍수

뒷산이 토사로 인해
출입 금지되었다

길 안쪽으로
벽돌이 움푹 패어
사람의 손길을 기다렸다

잇몸이 드러난 길
두께에 내려앉았다
시골에 있는 집은 괜찮을까

심어논 고추와 옥수수
상추며 토마토 열매들은
무사한 건지

이전에도 몇 번
멧돼지 고라니의 흔적이 있었다

마당 한가운데

꽃은 곱게 피었는지

하천에는 물이 불었는지

연못은 더 깊어졌는지

새벽길을 나섰다

태풍

밤사이
아슬아슬하였다

복구했다는 문자
무슨 일이 일어났던 걸까

고요한 침묵은
혀 끝자락에 나왔다고

윗길 삼나무는
툭툭 털고 일어나는데

속 깊은 옹달샘
가슴을 쓸어내린다

돌담

길게 늘어진 얼굴
이름 모를 하루가 간다

아카시아꽃 향기 감싸고
벌 나비 꿈틀거린다

기억하는 그림자
기다림 먼 여정을 닦는다

순간

가슴 떨리는 손으로
안개꽃 한 다발 기억이 난다

솔숲 메아리 잎사귀 가지
푸른 하늘을 본다

꽃잎 바람에 스치듯이
어제의 같은 시간은 없을 테다

오후

하루가 멀리
하늘에 꽃구름이 피었다

보송보송하게
이불 널어도 좋은 날
눅눅한 이불 홑청 빼고
집게 몇 개 걸어둔다

변덕스러운 날이
머물다가 사라질 때면

이 시간에도
행복한 꿈을 꾼다

좌석버스

간간이 라디오에서는
클래식이 흐른다

차 객실의 중심은
둥그런 거울이 있고
사람들이 타고 내린다

좌석에 앉아
추정되는 내부
쉬어가는 정거장이 있다

기찻길

완행열차 타고 가볼까
올 사람은 올 것인데

하늘은 푸르고
낮 시간 신열이 오른다

철길 사거리 무심한 이들
해가 뉘엿뉘엿 불혹을 지난다

어디선가 신호음
하루가 끝이 보이지 않는다

아가판서니스 꽃

손편지 한번 써봐

나날이 상상을 하게 돼
그 편지가 통할까
그 길가 신작로에서

먼지가 되어 사라진다고 해도
빈방 가득 채우고 싶어

들숨 날숨 깊숙이 편지를 쓴다

연인

야자수가 있는 노을 바다
해변으로 들어가는
바람이 살갗을 파고든다

한겨울에도
바다는 지평선을 가르며
물살에 소리를 높인다

갈매기가 요구하는
배 한 척 나란히 떠 있다
슬픈 눈을 가진 등대의 불빛

고흐의 해바라기가 연상되고
차분히 말을 이어간다

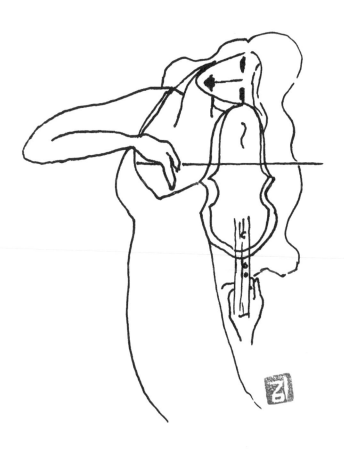

틀

물 번짐 향기가 은은하고
흙 내음이 난다

화분에는 얼룩이 조금 남아
가운데가 거슬린다

물기를 닦고 깨끗하게
흐름을 향해 물꼬를 열어간다

Kyung Hee.

공방

몇 안 되는 사람들
앉아 글귀들 쓰고 있다

카페에서 뽑은
커피향이 나지막하고

소품 꽃 주렁주렁
햇살 보고 웃는다

라테 한 잔
공방이 있는 코너에

창가 연두 잎 골고루
바닷가에서 멈춘다

나뭇잎 살다 살다

잎 하나 서걱서걱
금이 간 손톱

큰 잎사귀 꽃 필 때
땅속 무덤덤하게

하나의 존재가
有에서 無로 가노라

잎새에도 꽃에서도
바람은 아는가

으아리 꽃

하얀 속살 보일까
꽃말은 고결한 사랑을 말하지

곱게 핀 소녀에게 물었어
사랑해도 될까, 우리?

활짝 피던 햇발이
귓불에다 속삭여

내 안의 들꽃
없어지거나 사라지지 않아

사랑에 대하여

혼자가 아닌
서로 등을 기대는 것이다

삶의 지표에서
의미를 채워가는 것이다

마중 나가는 여자

레인코트를 걸치고
길을 나섰다

우산을 들고선
빅 백을 무심히 둘러멨다

직감적인 여자는
전화를 걸었다

낯선 곳 주변을 훑어보며
복잡한 이곳 피해
어디로든 가고 싶었다

건물에서 부르는
익숙한 목소리가 앞서
손을 흔들었다

향수

계곡은 맑은 물이 흘렀고
더없이 조용했다

한 곳 건너 빈집인데
녹슨 철대문으로
이팝꽃이 눈에 들왔다

어깨를 내주는 고목나무
우물이 있는 빨래터
그때를 회상했다

유년에 본 산딸기

뒷산에는
밤나무가 어두침침했다
까닭 없이 무섭고 궁금함이 있었다

산딸기나무가 겹쳐 있었고
한 소쿠리 따와서
설탕에 서걱서걱 비벼 먹던
그 맛은 잊을 수가 없었다

마을 동구 밖 어귀에는
찔레꽃이 화들짝 펴서
향긋한 봄꽃 뚝뚝
나물 순 뜯던 손톱이 까맸다

탱자나무 겨울이면
가시밭길 꽁꽁 얼어
고목나무는 축 늘어져 있었다

내 고향 아름다운 산천에는
여전한 추억이 있었다

바람

현을 타는 것이
이런 거구나

여름은 새살 돋아
사랑이 가득했던 날

하고 싶은 사랑
헤아려 독백을 한다

길 잦아들고 온화한
저 태양 붉게 어우러진다

길에서

산에 들에
향긋한 풀냄새

지저귀는 새
이름 불러주오

그대 들꽃
시간을 잡아주오

길 가던 나비야
언제 멈추려 하니

열차

승강장 플랫폼에서
첫차를 기다린다

회로가 켜진 붉은 신호등
먼 산 굽이굽이
한 폭 산수화가 든다

사람과 사람이 만나
인연이 되는 것일까

빈 의자
칭칭 감던 나비 손 날고
기차는 7시를 향한다

해바라기

그 길은 기대 이상이다
그 길을 걷고 싶다

길목에는 구름들이 모여
여름이 가까워지고 있다

큼지막한 해바라기
현관에 걸린 그림을 보면서
하루 동안 수없이 모순된
나를 들여다본다

카페에서

가까이 일렁이는
산홋빛 바다

커피와 갓 구운 바게트가
코끝을 자극한다

꿈을 꾸는 파도가 있다
나무가 둥지를 만든다

아이들의 웃음소리
해가 올라 풀냄새가 베인다

작은 들꽃 사이좋게
소나무가 줄지어 있다

별이여

고독한 눈빛과
북두칠성 점점점

커가는 사랑
은하수
별똥별이 떨어진다

밤하늘
순수한 그리움
바라보는 이

별이여
별이여

잎새

둑길 따라
나무가 자라 있다
오솔길 걸으며
그대로 가슴에 담는다

푸른 숲의
새가 왔다 갔다
멀리 와 버린 것 같아

맑은 날 하루
햇살이 산을 넘는다

해변의 집

티 없이 맑은 날
깔끔한 실내 분위기
테라스에서
아름다운 경치를 본다

하얀 지붕은 보랏빛
푸른 바다와 함께

야자수가 있는 해변에
산보하는 이들이 보인다

구름

여백에 물이 든다
그림자 먹구름 뚫고
푸른 잎 꽃이라

쓱,
動 적인 심연의 결정체
떨리는 가지 끝으로 매화가 곱게 피었다
섬섬옥수 가장 아름다운
집을 짓는다

(動)동

매화

한지의 성질은 부드럽다

그의 목화밭은 어디 갔을까
먹이 붓끝으로 쏠릴 때마다
긴장감이 높아진다

자세가 기우는 건
고요가 흐드러지기 때문일 거다
투둘투둘한 가지 끝으로
매화 향이 짙게 온다

저 생의 비결은 무엇일까
아름다운 전각
연못의 물고기가
잎사귀 끝으로 표출하고 있다

생각

어수선할 때는 생각과 달리
혼자 중얼거리는 버릇이 생겼다

틀에서 벗어나고자
이해하기 어려운 상황도
머리가 아닌 가슴으로 이해했다

원하던 원하지 않던 그렇게
가능한 한 속 편하게 살고 싶다

떡 선물

약밥과 검정쌀 됫박
여러 콩이 들어간 모둠 떡이
배달되어 왔다

온기가 아직 그대로 남아
그 정성 가득하게
고마움을 읽을 수 있었다

방앗간 연기가
동네 시장 문지방을 넘고 덜덜

떡은 몇 겹이나 쪄내고 쪄지고
식지 않고 김이 서렸다

해가 부르는 말

발원지는 서쪽 기슭에 위치한
작은 들꽃 중 하나

새가 몸을 딛고
길고양이를 풀어놓는다

야생은 영역을 넓히고
숲은 한철 한 생애로 이어진다

먹고 먹히는 먹이사슬
안개 자욱한 길이 열린다

가게

나긋나긋한 여자
긍정으로 사는 여자

굽 높은 슬리퍼가 덧대어
바삐 움직이는 여자

조명은 낮에도
자동문이 열렸다 닫혔다

반지하 지붕의 파란 하늘
주름을 대신한다

봄

이 지독한 삼월의 봄을

삼십일 하고 하루가 보태어져
이완된 달을 채운다

잔인한 봄인가
꽃 피는 춘삼월 가까이

봄의 왈츠가 흐른다
건반과 건반 음의

가슴 떨리는 소리
잎사귀 용트림하는 소리

산에 들에 핀 꽃

아이야
청보리 끝으로 순풍순풍
꽃 필적 이름 모를 풀 자라
강물 푸르게 기지개 펴보세

개나리 잎 따다 해쑥 풀 쑤고
달래 냉이 다듬어 한입 쏘옥
강아지 꼬리 아양을 떤다

땅거미 속살 동백꽃 입맞춤
알 수 없는 고요가 될지라도
파릇한 기운 노래 부르자

쉼

가는지 오는지
신경 쓰이게 하는 저 비둘기

공원은 한산하지만
간혹 파랑새가 어디를 가는지

그 어디 즈음에 쉬었다 오는지

설렘

뒷좌석에서 대기하다가
정방향으로 앉는다

올여름과 달리
작년 요맘때는 평화로웠고
그을린 날 향기도 배여 있었다

해가 일찌감치 들어
나무의 체취가 불어나고
온도 습도 구름까지
모두가 완벽하다

출발하는 기차에는
낯섦과 희망이 서로 교차한다

물결이 춤추는 것을

투명한 유리병에 사는 사람들
보여도 보이는 것과 보지 않는 것이
엉거주춤 물 위를 걷는다

어둠보다 촘촘한 무의식 속에
소라 빛 생명나무는 현실과 비슷하다

마개가 달린 나무 사이
침묵의 중심에 서성이는 휘모리
감정을 표현하는 것이리라

둥글게 말아 흐르는 길
노란 백일홍과 함께 초라하지는 않다
길에서 나를 발견한다

봄꽃

산에 들에
꽃망울 톡톡 떨구어

우리 같이 살아가는 거
살아지는 거였다

휘파람 소리
여름이 오던가

꽃이 물들면
봄처녀 사랑이 온다

봄이 달랜다

3월의 단추가 풀리자
올이 틀어진 버드나무 잎사귀
실밥을 채운다

개천의 봄이 오고야
들꽃도 강아지풀도 함께
길을 나선다

꽃샘추위가 설렁설렁
오싹한 기운에
덜 떠름한 콧날이 시큼하다

실개천 눈을 뜨면
구름과 푸른 하늘 위로
혼자만의 달변 동선을 그린다

추상화

평원의 삶 깊숙이
어떤 말도 하지 않는다

푸른 하늘 뜰에는
구름이 끝없이 내려앉는다

천상의 노래
아름다움이 가득한 날

친절한 밤이 오면
숲은 어둠의 작별을 한다

들판의 추

역사 속으로 가는
대지의 들꽃

씨 옮긴
알이 번식을 한다

바람으로 만나
진액이 우러나면

수만 년 수만 개
대지의 생명이 꿈틀한다

거리에서

빈 교실을 본다
햇발이 뭐라 하는데
손에 쥔 까만 봉지가 바스락거린다

성벽 아래
매화꽃이 소담하게 피었다
조용한 교문은 발길이 뚝 끊겼다

담벼락 현수막이 장애물 딛고
몇 번의 번호 땀방울이 고여있다

집고양이 한 마리
무거운 그림자 외관 타고
교정이 있는 화단 홍조 띤 나비가 난다

꽃나무

널브러진 나무들
옮겨놓고 보니
대략 20종 남짓 된다

사과나무 매실나무
석류나무 대추나무 배나무
감나무 옻나무 등등

얘들아, 잘 자라

앙증맞은 들꽃
잘 크기를 바라는 마음
고마워라

마당에 꽃이 핀다

밑동부리 살찌는
바람이 분다

구석진 자리
연못의 입질이 온다

엉겅퀴꽃
봄이 좋은 시간

허리 펼 적에
키만큼 쑥쑥 자란다

누구 없소

동박새 목놓아 운다

꽃 피는 춘삼월
산 메아리 길 잃지 않고

허락된 시간
산 그림자 밟는다

달

갈 곳 잃은 별 하나
빛 흐리고

독백하던 여자
게이트를 옮긴다

영혼이 감정 밑으로
건드리는 것일까

어스름한 날이면
더 붉어만 가는 저 달

한 해 기도하는 마음
부럼 깨는 소리

십이월

종착역인 그해 끝 달
간이역을 떠난다

여인의 풍만하던 가슴
큰 산을 지나 온 탓일까

살얼음 폭삭히 눈밭을 지나
이해할 수 없는 시간들

기억될 강물이
그리움으로 다가온다

새로운 길 가려는 자
흔드는 모습이여

그해 겨울

떨어지는 춤사위
강물은 가난하게 시렸다

가진 건
오직 하나 마음인데
사막과도 같은
당신의 애정을 더듬었다

홀씨가 품어 낸 사연
그리움을 딛고
몸살을 앓고 난 후였다

다짐

여울 따라
생각은 미처 닿지도 않은
먼 곳까지 의욕만 가득하다

자신의 길 가노라면
어느덧 한 해의 끝자락에
지나온 시간들

습한 바람이
잠을 설치는 일도 허다하지만
그대를 위해 못다 한
자신의 삶을 사랑하자

상촌

흙먼지 풀뿌리 먹고
길은 옆으로 이어진다
벼 베어낸 자리 서리가 언다

꽁꽁 언 맷집 주변에는
고드름이 반기는 길

평지에서 가까운
허허 들판의 정취가
고스란히 나를 감싼다
연못은 넓기도 넓어
민물고기가 나올법하다

농막이 쳐진
비닐하우스 어귀에는
딸기가 자란다

몇 겹 능선 밑으로
우거진 나무 오색 지붕 드문드문
하늘 높이 솟아 있다

빈대떡이나 부쳐먹지

서울역에 도착해서
첫눈을 밟았다

백구가 꼬리 흔들며
올 것만 같다
버스는 광장시장을 향한다

시장통 줄줄이 꿰맨
보릿자루처럼
먹자골목은 활기차다

빈대떡 식당에 들어가
모둠을 시켜놓고
여기저기 훑어보곤

두 평 남짓 좁은 공간에서
빈대떡은 번호표 없이
순서대로 나온다

사는 게 이런 게지
젓가락은 성에 낀 문턱을 넘는다

약속

집 밖으로
고양이 소리가 들린다
식당에 가려면
한 시간이나 남았는데

그 사이 간격을 두고
외출할 엄두가 나지 않는다

내 의지와 상관없이
나가야 할 때가 있다

길게 뻗은 길
밤이라 하기엔 아직은
이른 시간이다

해방촌

피난민이 거처하던
판자촌 꼭대기
유적지가 된 허접한 우물까지

카페를 찾아간다
흰색에 채색된 깔끔함으로
털실 무스케이크를 재현하는
재봉틀이 있는 곳에

실타래 짜던 날
물레질은 돌고 돈다

남산 아래 표지판 겹겹이
기하학무늬로
역사가 묻어 있다

저항할 수 없는 이름으로
달콤한 조각 케이크 한 입 베어

그 순간의 순간
나는 속물처럼 감미롭다

약수터

신발 끈을 묶다가
나사가 하나 풀린듯하다

저잣거리 지나
흙길 밟고 가는데

발길 뜸하고 인적 없는
풀 자란 나무
가을 하늘을 펼친다

약수터가 있는 곳
유성 사인펜에 새겨진
바가지 몇 개

돌탑을 지나
정자에서 쉬어가는 길

분실

여권을 찾습니다

손때가 묻은 지문이
어디론가 흘러갔다

공중화장실에 둔 것이
빌미가 되었다

갈 곳 잃은 신세가 된
웃지 못할 일

그 자리에선
돌이킬 수가 없었다

옆집

마지막 통화는
가슴에 두고 전화는 끊겼다

출장은 일주일 예정
다정하게 손 내민 그이의 미소

일 중독은 고칠 수 없는 병
잠시 잊었다고 했다

빗소리 수위가 높다
방파제에 파도가 일렁인다

기차표

대합실 전광판에
불이 켜진다

사람들
여름부터 겨울 차림
계절 지나

텍사스촌 간판들
호객행위가 역을 불린다

판자촌이던 가난한 시절
미로가 된 골목길에

아스팔트 깔린 숯덩이
윤기가 자작하고
리모델링한 역 근처에
사람이 몰려든다

가을

상록수
저 구름 가는 길

가을의 시를 쓴다

사색의
계절이라 했던가

낙엽들
여행 가는 날이다

카푸치노의 체온

카페서 갖는 혼자만의 시간
한낮에도 향기가 있는
조화로운 낯섦

계절 앞에서는
저기 저 푸른 하늘과 양떼구름
추억을 보듬는다

훑고 가는 바람도
틀에 벗어나 초원의 빛 아득한

밤하늘 어둠 속에서
카푸치노가 있는 시간들
나는 펜을 든다

사람은 다 외롭다

사람은 정작 외로워야
사람이다

깊은 심지를 들여다보는 것도
촛물이 촛농을 넘어
흘러내리는 것도
자세히 보아야 보아 보인다

철저히 밑바닥까지 쓸어내리는 일은
고인 물처럼 썩지 않게 누워
햇빛을 받아야지
외로워야 사람이다

의중을 알 수 없는 것도
외로워야 그 내막을 알 수 있고
몸부림을 치고 벗어나려 하지만
수렁으로 더 빠져버리는
기분은 더 외로워야 가능하다

새삼스럽게

남은 건 아무것도 없는 빈 껍데기

육신의 감정인 것을

그리우면 그립다 말하고

열두 번 소가 되새김질하듯

역류성 식도염처럼

올라오는 그 무엇이 우리를

외롭게 한다

외로워야 사람이다

제목 : 사람은 다 외롭다
시낭송 : 김락호

스마트폰으로 QR 코드를 스캔하면
시낭송을 감상할 수 있습니다

내 안의 길

철길 사거리
구름이 걸려있고

지천에 핀 들꽃
사춘기 소녀가 된다

하굿둑 둔치 길
두 팔 벌려 나비가 된다

다운 입술을 쓸 수 한 하라
아름 입술 갖고 친절한 말을

부재의 시간

밤이면
물 한 모금 넘기지 못하는
순간에도

열대야로 추정하는
가냘픈 숨조차도
정확히 몇 시인지 기억이 없다

받지 않는 전화
귀에다 연신 갖다 대는데
띠 띠 띠

바느질하듯 한 땀 한 땀
꿰뚫고 가야 될

부재 속에
전화는 뚝 끊긴다

빈 집

수국꽃
셀카를 찍는다

안에서는
개가 짖어대고

녹슨 대문으로
수국이 몽실 피었다

커피와 함께

나뭇가지
아름다운 숲길 걸으며

테이크아웃 한 잔과
낭만적인 시간을 끌어들인다

흐르는 물처럼
목마른 갈증을 뜨겁게 달구면

물 그림자 풀 내음
예쁜 시 낭송하며 길을 간다

당신의
행복한 날들을
응원합니다

조방앞

좁은 골목은 단층이다
여념 집 같은 건물이 서로 기대어 산다

기계 돌아가는 소리
세공하며 깎는 부스 안에서
돋보기 쓴 주인장이 신문을 본다

큰 선풍기가 돌아가고
의자 밑으로 더운 바람 찌고
그늘진 곳 없이 인사말이 문턱을 넘는다

길가에

길섶 작은 풀벌레
잡초도 길게 길을 낸다
생이 걸린 자국마다
제 몫을 다하는 날

길이 아니면 어떠랴
무덤이 앉아 논이며 밭이며
그림을 펼쳐 놓았다
푸른 잎 푸르게
탁 트인 시야가 좋다

카페

빗소리 들으며
혼자 걷는데

넌지시
자극하는 이 밤
몇몇 조명이 켜져 있는
커피숍이 보인다

원추리꽃

어머니의 강을 본다

꽃이 된 순간부터
순례자가 된다

두 눈 노란 잎 생채기
꽃술 풀어놓고
별자리 하루가 간다

작은 바람이 훑는다

마당에는

성근 잡초와 꽃들 히죽이고
하단에는 숱한 사연의
풀들로 채워져 간다

텃밭에 구부러진 장화가
흙을 털어내고
큰 장독대에서는
묵은 장맛이 익어간다

인생은 꽃
사랑은
그 꽃의 꿀

새야

어딨니
숲으로 간 새야

뜬구름 마디
어디로 간 거니

푸른 하늘
한 여름날의 봄처럼

길 가다
꽃 미소 지을까

쑥부쟁이

숲 사릿길
잘 띄지 않는 곳

바위틈 고개 내밀고
하늘하늘한 길

이름 없는 작은 꽃
저 산 이 산 나뉜다

풀꽃

흙을 밟으며
꽃에 살다 꽃이 된다

봄이런가
손길 든 그 모습

네가 꽃이고
나도 꽃이다

몇 시야

해가 중천에 뜬다
허리 꼿꼿하게 뒤로 깍지 끼고
기지개를 편다

베개에 눌린 자국이 선명하다
잠을 푹 잤나 보다

창문 틈 햇살이 머물러
전신이 따뜻해진다

다리

지상에서 이룬
오작교에는 사랑이 숨 쉰다

잘 빚은 까치의 예술적인 혼
귀한 하늘을 열었다

객실을 나와
동화 속에 바라본 전설
다리를 건넌다

6월에

갈매기
나는야 바다

뱃고동
웃는 얼굴 봐

모래성
미소 지을까

우리 함께
해변으로 가요

사랑합니다
언제나
지금처럼
함께해요

걸레질

창틀에 있는 먼지와
엎질러진 자국을 닦는다

청소하다가 앨범을 꺼낸다
추억하는 사진을 보니 웃음이 난다

꽃양귀비 필 때

망각의 물빛을 빨아들였다
고독이 흔들리는 빈곤한
화려함은 노래를 부르지 않는다

복사꽃 피고 지던 순결했던
자신의 존재를 부정하는 것은 없다
역사적 의미가 있는 진실
유혹하는 날의 몫이다

유화

견딜 수 없는 밤이 몇 겹씩 덧칠해졌다

자극적인 눈빛과 농밀한 영혼은
빠져들기에 충분했다

하얀 여백의 팔레트를 휘휘 풀어
진정한 자화상을 그렸다

옹이는 무엇을 달래나

처음부터 상처는 없는 것이다
고통도 내 것이 아니다
죄가 없다

지나고 보면
아픔도 아름다운 것이다
생의 기쁨과 슬픔이 하나이고
하나가 모여 수만 개의 별이 된다
별은 어둠을 빛나게 해준다

한 끼의 비밀

풀떼기들이 고슬고슬하게
한 알 한 알 한 톨 한 톨
여자를 이간질하며 구역 내
부위별 위벽을 채운다

수저를 쥐락펴락하는
여자의 뱃속에는
좀스러운 걱정이 앞섰는데
일이 이렇게 되고 보니
그간의 내용에 궁금증이 인다

배가 나온 탓에 발가락 몇 개
달의 경계선을 넘나드는
우스갯말에서도
웃음을 잃지 않는 여자였는데

객지에서 본의 아니게
생짜배기 고생만 실컷 하다가
한 끼 제대로 된 밥이나
챙겨 먹고 있는 것인지
의구심이 든다

폭우가 내린 후

우발적인 시위가 서슬 시퍼렇게
토악질을 한다

뒷산 양쪽으로 가르마를 타고
질풍노도의 길을 가고 있다

반복되는 일이란 걸 알지만
애당초 알고는 있지만

어쩔 수 없는 인간의 나약함이
우리를 서글프게 한다

그림

두건을 쓴 여인
접시에는 해와 별 달이 있다

눈 소복이
여자가 멈추어 선 곳은
먹빛이 된 사방이다

금빛 가루 나리는 날에
사람들 짝을 지어
제 둥지 찾아간다

안개 스치고
천 두르고 나면
치마폭이 절정으로 넓어진다

햇살이 좋아

잔여물이 깨끗한
하루가 아침을 맞는다

물방울 세례가 토닥이며
잠을 깨우는데

실금 없이 뜬 눈
햇살이 여문 창가에
사슴처럼 긴 목을 뺀다

아치 통문에는 물기 가득 찬
초록빛 문설주가 열리고

공기가 쇄도하고 있는
눈먼 새 기웃기웃
이슬이 통째로 굴러다닌다

참나리

깨끗한 마음 순결 이러나
내 치부의 끝은 눈물 이러나

훨훨 날거라
문신의 눈은 생각을 얹었다

세 치 혀도 봇물 터져
구슬프게 말을 이었다

생애를 위한 노출은 않기로 했다
눈물이 왈칵 쏟아졌다

그저 그저 할 수 있는 여기서
주홍빛 눈물 닦아주리라

빗물

너에게 가련다
톡톡 집 지을까
네 이름 네 문패
지붕이 있는 곳에서

그 섬

잠시
태양을 바라보다가,

아무도 없는 감정은 흩어져 있었다
푸른 바다가 생각나는 것일까

글라디올러스

널 보는 동안
함께할 수 있는 시간이
너무도 짧아

잎새에도 꽃이 핀다
이 아름다움 가꾸어 갈 테지

한참 동안
언니와 뛰놀던 생각이
문득문득 난다
그 마당에도 꽃이 있었지

별

인생은 짧고
슬픔이 길다고 해도

하루 동안 무너진
무수한 시간을 끌어들이자
낭만에 지친 나의 친구
나의 별이여

산딸기

산길 거닐다
너를 보자 길을 잃는다
낮게 흐르는 물안개
별자리 꽃잎이 가득하다

눈자위가 흐려온다
생긴 게 무색하게 혀에 착착 감긴다
성글게 핀 여름날에도
가실 가실 한 잎사귀 아른아른
널 생각한다

마중 나가는 여자

김경희 시집

2020년 9월 24일 초판 1쇄
2020년 9월 29일 발행
지 은 이 : 김경희
펴 낸 이 : 김락호
삽화, 캘리 : 김경희
디자인 편집 : 이은희
기 획 : 시사랑음악사랑
연 락 처 : 1899-1341
홈페이지 주소 : www.poemmusic.net
E-Mail : poemarts@hanmail.net

정가 : 10,000원

ISBN : 979-11-6284-235-5